FERNANDO MARCELINO

CIVILIZAÇÃO DA MANDIOCA

e outros poemas luso-tropicais

KOTTER EDITORIAL

Coordenação editorial: Sálvio Nienkötter
Editor-executivo: Claudecir de Oliveira Rocha
Editor-assistente: João Lucas Dusi
Capa: Jussara Salazar
Design editorial: Carlos Garcia Fernandes
Produção: Cristiane Nienkötter
Preparação de originais e revisão: O Autor

Dados Internacionais de Catalogação na Publicação (CIP)
Angelica Ilacqua CRB-8/7057

Marcelino, Fernando
Civilização da mandioca : e outros poemas luso-tropicais / Fernando Marcelino. -- Curitiba: Kotter Editorial, 2024.
72 p.

ISBN 978-65-5361-360-7

1. Poesia brasileira I. Título

CDD B869.1

24-4414

Kotter Editorial Ltda.
Rua das Cerejeiras, 194
CEP: 82700-510 - Curitiba - PR
Tel. + 55(41) 3585-5161
www.kotter.com.br | contato@kotter.com.br

Feito o depósito legal
1ª Edição
2024

FERNANDO MARCELINO

CIVILIZAÇÃO DA MANDIOCA

e outros poemas luso-tropicais

Sumário

Este opúsculo de poesia é uma viagem pelo mundo luso-tropical. Composto por oito poemas que abordam diversos aspectos culturais e políticos, da gruta de Camões em Macau à Civilização da Mandioca, dos segredos do Barreado aos episódios históricos do Cerco da Lapa e à prisão do Almirante Othon, de uma invasão das capivaras em Curitiba até as lições de Machado de Assis para a juventude num mundo virado do avesso.

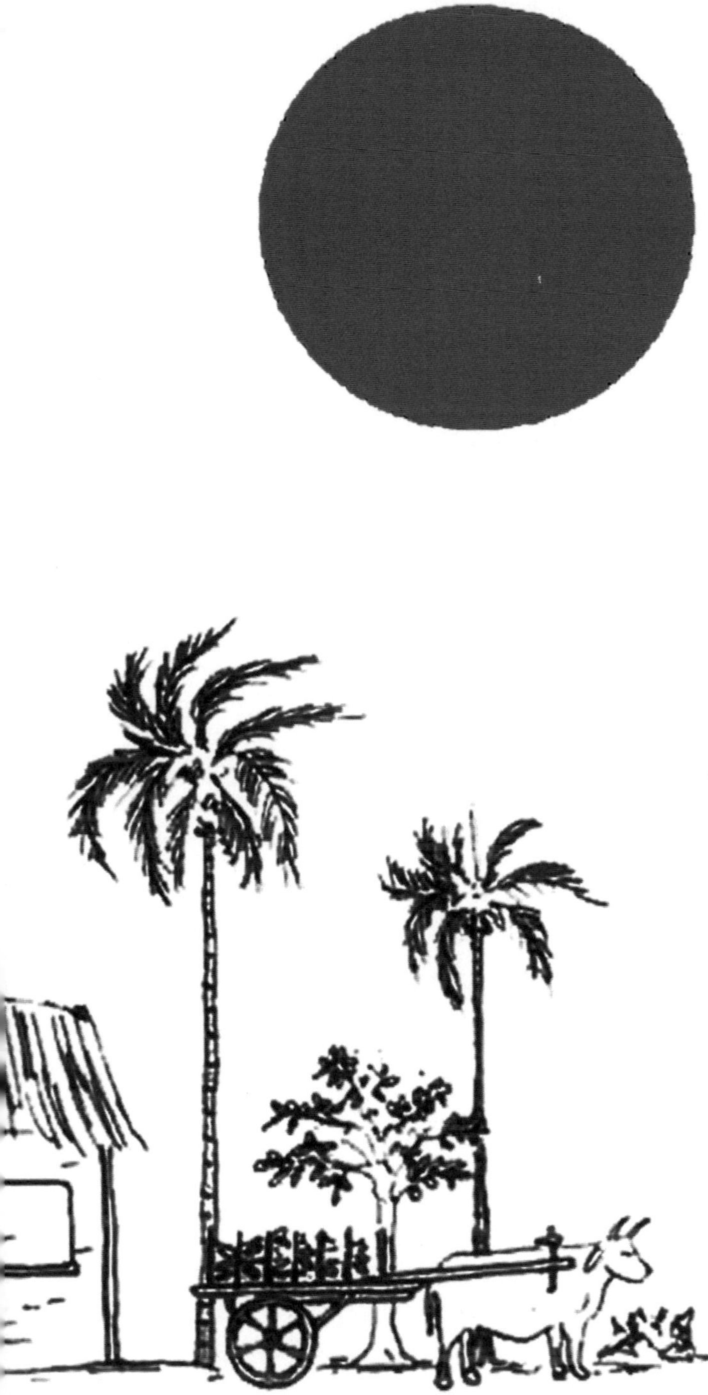

Na gruta de Camões

Tantas errâncias do Ocidente,
Implacável busca imperial,
Trouxe pelo menos uma poética
Conexão China e Portugal.

Macau, da deusa A-má,
Entreposto luso-chinês, santuário pan-lusitano
Onde Camões, o poeta, o soldado, o exilado,
Chegou em mil quinhentos e tanto.

Desce da nau, sobe à colina,
Pedra sobre pedra, arestas musgosas.
Ali encontra uma gruta, um refúgio
Para armar sua rede e afiar a pena.

Escreve então um longo poema
De heróis trágicos, deuses e intrigas,
Paixões e cobiças, chamado Os Lusíadas.
Alumbrado com o lugar

Que veio parar, realidade extrema
De entrelinhas abissais,
Voos deslumbrantes
Eternidades indizíveis.

Camões viu Portugal no mais remoto Oriente
Elevando todo Oceano a ser fiel obediente.

"Já no largo Oceano navegavam,
As inquietas ondas apartando.
Os ventos brandamente respiravam,
Das naus as velas côncavas inchando.
Da branca escuma os mares se mostravam
Cobertos, onde as proas vão cortando
As marítimas águas consagradas,
Que do gado de Proteu são cortadas,

Quando os Deuses no Olimpo luminoso,
Onde o governo está da humana gente,
Se ajuntam em concílio glorioso,
Sobre as cousas futuras do Oriente.
Pisando o cristalino Céu fermoso,
Vêm pela Via Láctea juntamente,
Convocados, da parte de Tonante,
Pelo neto gentil do velho Atlante."

Camões deu voz ao coração luso-tropical,
Respirando folhas de relva,
Flutua no horizonte, grande memória,
Fóssil vivo, voa longe,
É âncora em profundezas.
Canta para nós,
Grito de pássaro,
Iluminando o tempo,
Oceanos sem margem,
Entrelinhas de quietude,
Perfume de luz,
Verdadeiro sonho,

Energia d'alma,
Espada de Ulisses,
Guilhotina de ideias comuns.

Grande Camões! Teu fado está pago!
Tua nau ainda sangra esperança.
E bem lá no fundo, tua gruta
É hoje a Máquina do Mundo.

Rotas luso-tropicais: Um poema com cinco séculos

Parentesco Brasil e China,
Marco oculto da civilização,
Costumes e saberes do Oriente,
Elevando do ser nacional brasileiro.

É conhecida a profusão
Nos sábios da Companhia de Jesus
De elementos das civilizações orientais.
Da Renascença à época da Ilustração.

Se fazia uma intensa tradução
De clássicos chineses para pensamentos
Franceses e portugueses, como
Leibniz e Voltaire sobre o Estado.

A influência chinesa no Brasil
É tão antiga quanto o próprio Brasil.
São Paulo fundada em 1554. Macau de 1557.
Aqui, o Colégio São Paulo, lá, a Igreja de São Paulo.

Gilberto Freyre defendeu que a cultura brasileira
havia sido gerada a partir de uma matriz oriental
de valores, hábitos e conceitos sobre o mundo.
Um orientalismo às avessas.

O Brasil é colonizado na época
Em que os portugueses, senhores
De numerosas terras na Ásia e África,
Haviam-se apoderado de uma
rica variedade de valores tropicais.
Alguns inadaptáveis à Europa.
Mas todos produtos de finas,
Opulentas civilizações asiáticas e africanas.
Desses produtos, o Brasil foi talvez
A parte do império lusitano que,
Graças às suas condições sociais e do clima,

Largamente se aproveitou do chapéu-de-sol,
O palanquim, o leque, a bengala,
A colcha de seda, a telha à moda chinesa,
O telhado das casas caído para os lados
E recurvado nas pontas em cornos de lua,
A porcelana da China e a louça da Índia.
Plantas, especiarias, animais e quitutes.
No Brasil, plantou-se Oriente.
Os Jesuítas conseguiram bons resultados
Com as caneleiras da Quinta do Tanque, na Bahia,
As jaqueiras, coqueiros, jambeiros,
A fruta-pão e as caramboleiras do sudeste asiático,
Mangueiras e figueiras de diversas espécies vindas da Índia,
E outras plantas que cresceram com vigor.
Muitas se deram mata adentro,
Acomodando-se com espécimes nativos,
Participando das matas brasileiras.
Na arquitetura, traços em diversos locais,
Em detalhes do estilo Rococó,
Na Igreja de Nossa Senhora do Ó,
Na mineira Sabará.

Entre Brasil e China, um fundo cultural,
Longa conexão transcontinental
Da herança luso-tropical
Em Cabo Verde e Guiné
São Tomé e Príncipe,
Angola, Moçambique,
Timor e Goa, e ainda,
Onde o Império Português
Teve destruída sua proa:
Marrocos, Benin,
Iêmen, Sri Lanka,
Guiné Equatorial,
Gana, Mauritânia,
Senegal, Bangladesh,
Barbados, Tanzânia,
Irã, Indonésia,
Sem esquecer nosso vizinho,
O doce Uruguai,
Todos povos do Sul Global,
Grande Rota Luso-Tropical.

Com origem histórica profunda,
Nos confins do século XVI,
Seu futuro deve ser melhor
Com nova conotação,
Agora sem colonialismo,
Baseado em desenvolvimento
Compartilhado.
Rota de paz e cooperação,
De interesses convergentes.
Dentro do mundo multipolar,
Existe espaço para a Civilização
Luso-tropical, do Brasil a Macau.

Civilização da mandioca

Nenhum outro alimento
É mais legítimo e popular que a mandioca,
Também conhecida como macaxeira ou aipim,
Este sim, influi poderosamente nos destinos da civilização.

Há 3.500 anos indígenas descobriram
Do tubérculo dessa planta a fabricação da farinha,
Um mistério de inventos anônimos,
Traduzido em diversas lendas.

Cultura rústica,
Sem muita exigência de trato,
Os tubérculos dos Carijós
Foram compartilhados com açorianos,

Passou a ser a principal fonte de alimentação.
Conhecida como "pão dos pobres",
Sendo coroada a rainha do Brasil por Cascudo,
Construtora da identidade coletiva do nosso povo,
Ligando pratos e comidas de norte a sul,
Onde comer sem farinha não é comer.

Uma pequena civilização da mandioca
De lavradores litorâneos
Amantes de pirão
Virados e tutus
Raiz ralada, cestos taquara,
Tipitis, Mandiquera.

A farinha de mandioca é o único alimento
Que o povo confia a alma.
Disseminado nos continentes africano e asiático,
Nigéria, Tailândia, Indonésia,
Congo, Gana e Angola.

Atualmente, a mandioca é a quarta cultura
de produção de alimentos mais importante do mundo,
Consumida por mais de 800 milhões de pessoas.

Viva a civilização da mandioca!

Segredos do barreado

Serpenteando a Serra do Mar
Véu na Noiva e Marumbi
Maria Fumaça nos leva
Ao Barreado de Paranaguá.
Hoje de todo lugar,
A mió gororoba
          Que se pode imaginar.

A origem do Barreado
É motivo de debate acirrado
          Sobre sua real paternidade.
Com origem envolta em contradição,
É certa sua preparação
Há centenas de anos no litoral:
Antonina, Guaraqueçaba,
Guaratuba, Morretes e Paranaguá.

Carne desfiadinha,
Louro, pimenta e cominho
Alho, cebola e salsinha
Com um pouco de toucinho.
Dez horas na panela,
Um sabor incontido,
Cozinhando por longas
Horas em fogo diluído.
O segredo é o tempo
Das fibras se soltarem
Num caldo grosso,
Saboroso e temperado.
No prato, farinha e banana.
Uma pimentinha sempre cai bem.

Uns falam de "herança açoriana"
Pelas panelas de barro em fogões,
Improvisados nos vapores vulcânicos
E o cozimento exaustivo das Ilhas dos Açores.
Manoel Viana dizia que primeiros filhos

De portugueses com indígenas
Conheceram na casa de seus patrões
O guisado português e resolveram reproduzi-lo,
Utilizando modos indígenas e carne de segunda,
Incorporando o hábito de vedar a panela
Com uma mistura de farinha de mandioca e água,
    Que leva o nome de "barrear".
Outros dizem que o barreado
É receita de origem jê,
Usada pelos carijós que habitavam o litoral.
Método de preparo para cozinhar
Carnes e ervas em conjunto.
Acontecia milhares de anos
Antes dos portugueses.
O que veio a ser incorporado foram
Alguns temperos, como pimenta-do-reino
    Cominho e louro.
Mais tarde o fabuloso toucinho,
Mas com jeito de fazer indígena,
Além do uso da farinha.

Luís da Câmara Cascudo atribui a técnica
Chamada biaribi ou biarubu aos indígenas,
Que enterravam a panela sob a fogueira.
Comiam brotos da mandioca, batata-doce,
Pinhão, palmito, guabiroba, palmeira juçara,
        Feijão, amendoim, abóbora, cajá, banana e milho.
A mandioca era o principal alimento,
Consumiam em grande quantidade
Beiju, mingau, angu,
Caldos, tapioca, cauim.
        Sem saída, os portugueses incorporaram
Hábitos alimentares tradicionais.

Mais do que uma iguaria gastronômica,
        O barreado é manifestação cultural
De casamentos, batizados e aniversários,
        Festas comunitárias e religiosas,
Festejos do Carnaval e Fandango.
Símbolo de festa e fartura,

O Barreado era servido e degustado

Na festa do Entrudo,

Antecedia a quaresma,

Em latim "adeus-carne",

Embora festa pagã,

Era amada pela cristã colônia portuguesa.

O povo se divertindo

E comendo até a exaustão.

Paraná de riqueza culinária,

Memória afetiva que viaja no tempo,

História nas papilas gustativas,

Da cultura indígena a mandioca,

Mel, milho, pinhão e mate,

Dos portugueses as especiarias

E sua vasta doçaria com ovos, guisados,

Assados, frangos, sopas e refogados.

Na cozinha paranaense diferentes povos

Vivem dando sabor e sentido.

Cerco da Lapa

Dezembro de 1893, as tropas de Gumercindo
avançam rumo a Curitiba.
Vencem forças castilhistas no Rio Negro,
próximo de Bagé com degolas,
cortando a garganta até dos mortos.

Gumercindo comandava as tropas
vindas de Santa Catarina para atacar Tijucas do Sul,
encontrando resistência nos dias 15, 16 e 17 de janeiro.
Não conseguindo deslocar as tropas,
cercados e sem cavalaria,
suprimentos e munição, rendem-se.

Os maragatos conseguem um reforço
de armas e decidem invadir o Paraná.

Em Palmas, foram excursões predatórias,
invasão de casas, degolamentos, estupros.
Em Palmeira, penduravam cabeças
nos postes das ruas. Muitos foram
mortos cortados vivos em pedaços
depois de cavar a própria cova.

Os maragatos não encontram em Curitiba
qualquer resistência em janeiro de 1894.
Sob ameaça de saque da cidade,
é organizada pela Junta Comercial,
presidida pelo Barão do Serro Azul,
uma intermediação que previa grandes
quantias de dinheiro e suprimentos para os maragatos.
À espera das tropas dispersas, durante dois meses,
os maragatos participaram de espetáculos,
bebedeiras no Largo São Francisco, reuniões solenes,
discursos e bailes com bandas de música,
no Teatro São Teodoro e nos palácios e salões da elite.
Era comemorada a vitória.
Nesse tempo, mandaram tropas

de reconhecimento para Castro,
onde Vicente Machado já havia transferido
a capital para São Paulo.

Na Lapa, em 14 de janeiro de 1894,
os pica-paus de Gomes Carneiro são atacados.
A missão dada por Floriano ao coronel:
com 700 homens, contraponha-se aos 3 mil soldados,
fuzileiros navais, guardas nacionais catarinenses,
mercenários de Corrientes e Entre Rios,
caboclos e bugres sob o comando de Gumercindo.
A ordem de Floriano para Carneiro
era "resistir até o último homem".

Para resistir, Carneiro transforma a Lapa
numa fortaleza, aproveitando o terreno
para impedir um assalto de cavalaria,
dispondo de artilharia em pontos estratégicos,
cavando trincheiras, barricadas e cerca de arame farpado.
Um massacre passa a ser combates esganiçados.

Na madrugada de 22 de janeiro,
Gumercindo preparava o ataque
ocupando a mata e as casas do morro do Monge.
De manhã atacavam a vila com canhões,
fuzis e metralhadoras.
Tomam a estação da Estrada de Ferro,
o cemitério e o engenho.
Os pica-paus com artilharia e fuzilaria
respondem desalojando maragatos das matas
e das casas invadidas, retomam o cemitério e a estação.
O fogo cerrado contínuo dos outros dias destrói a cidade.

Na manhã de 27 de janeiro,
Gumercindo manda um emissário
que é preso por Carneiro.
Os maragatos atacam retomando
o cemitério e instalando artilharias
na Rua das Tropas,
comprimindo as trincheiras dos pica-paus.
Explodiam granadas nas ruas e dentro das casas.
Nos primeiros dias de fevereiro,

canhões dos navios de guerra do litoral
chegam para reforçar os ataques às tropas de Carneiro.
Perdendo forças, passaram a controlar
um território cada vez menor.
No norte, a fuzilaria conseguia repelir os maragatos,
mas os combates já eram feitos corpo a corpo
em diversas partes da cidade.
Em 7 de fevereiro, Carneiro é ferido,
vindo a morrer dois dias depois.
Logo após sua morte, cai a Lapa.
Depois de 2.500 km que as tropas maragatas
marcharam do Uruguai até o Paraná,
foi no cerco da Lapa que encontram maior resistência.
Durante 26 dias, os pica-paus
sob o comando do coronel Gomes Carneiro
resistiram ao cerco e salvaram a República.

Debelando a Revolta Armada,
Floriano organiza tropas para atacar
os maragatos em Curitiba.
Começa uma feroz ofensiva.

Percebendo a iminência do ataque florianista,
o governador provisório do Paraná, Menezes Dória,
a pretexto de comprar armas com o dinheiro arrecadado,
abandona o Estado. Com o dinheiro.
Curitiba, Lapa e Paranaguá são evacuadas.
Gumercindo e suas tropas seguem
rumo ao Rio Grande do Sul,
Juca Tigre se exila na Argentina.
Depois da retirada de Curitiba,
as tropas florianistas comandadas
pelo general Ewerton Quadros ocupam a capital.
A cadeia ficou lotada,
o teatro virou prisão,
fuzilamentos por toda cidade,
inclusive da elite local.
No quilômetro 65 da estrada de ferro,
na Serra do Mar , são fuzilados o barão do Serro Azul,
José Scheleder, Balbino de Mendonça,
Matos Guedes, José Ferreira e Presciliano Correia.
Não se pouparam os inimigos.

Invasão das capivaras

Era um dia comum no Parque Barigui.
Pessoas correndo, pedalando e se exercitando.
Mas de noite algo surpreendente aconteceu.
Um carro passou atirando e matou uma capivara.
De repente, milhares delas
Se amontoavam por todo o parque.

Centenas saíram em marcha, capi-marcha,
Subindo a Avenida Cândido Hartmann,
Bloqueando a passagem dos carros
Entrando no jardim das casas.
Cachorros, gatos e pássaros
Também eram vistos entre as capivaras.
Uns se assustavam e outros apoiavam
As capivaras.

O prefeito quer fazer
Um muro provisório para que
As capivaras não cheguem ao centro.
Vamos cercar elas!
Fiquem em suas casas!
Não alimentem as capivaras!

De noite, milhares de capivaras
Se concentram também no Parque Passaúna.
Diversas passam a bloquear o Contorno Sul,
Paralisando o trânsito e o cotidiano.
Moradores da região colocam fogo no contorno.
Centenas de caminhões e carros ficam parados.
Alguns tentavam atropelar as capivaras.
Enquanto a polícia tenta liberar a passagem,
Capivaras ocupavam diferentes partes da cidade.
As capivaras se deslocavam por todos os lados.
Não se sabia mais se estavam indo ou voltando.
Outras tantas capivaras aparecem na Avenida Manoel Ribas,

Invadem o restaurante Madalosso em busca de comida.
Na TV, notícias sobre o caos promovido
Pela invasão das capivaras.
No final da manhã, governador, prefeito e vereadores
Com medo se pronunciam.
Na Câmara Municipal,
Vereadores defendem o extermínio das capivaras.
— Esta é a única solução!
— Não podemos tolerar este tipo de movimento subversivo!
Uns se armaram.
Outros fazem vídeos,
Tutoriais de como se defender
Diante de um ataque massivo.
Notícias de uma coluna de capivaras
Invadindo a praça da Ucrânia
Denunciam o caos da situação.
A feirinha de domingo foi suspensa
Porque capivaras invadiram todo o Largo da Ordem.
Muitas se refrescam no cavalo babão.
Um bando com centenas de capivaras
É visto na Praça do Japão,

Sitiando a burguesia da região.

Ao mesmo tempo

Uns adotam capivaras em suas casas

Outros dizem amá-las.

Já passava uma semana

E a invasão das capivaras

Não tinha sinal de acabar.

Elas já eram parte da paisagem.

A polícia não sabia o que fazer.

O governador culpava o prefeito.

O presidente culpava o governador.

O exército decreta situação de emergência,

Enviando tropas para despejar as capivaras

Que já invadiam todos os cantos da cidade.

Mas ocupam as principais ruas

E os tanques ficam sem poder andar.

As capivaras contam com a desorientação,

Divisão e perda do prestígio dos grupos dirigentes.

A impressão poderosa

Que a verdade produz

Com unidade de comando

É imbatível.

No início da noite, o Passeio Público

Começa a transbordar capivaras.

Umas posam ao lado da Mulher Nua.

Depois invadem o Shopping Mueller.

Em grande concentração

Milhares se deslocam ao Centro Cívico.

Invadem a Prefeitura,

Tribunal de Justiça, Tribunal de Contas,

Assembleia Legislativa e o Palácio Iguaçu.

Ninguém sabia o que fazer.

Muitos fogem em helicópteros.

No outro dia, uma apreensão.

As capivaras acordam e,

Lentamente, retornam aos parques.

Seu recado estava dado.

Radioativo: A prisão do Almirante Othon

Primeiro ato

I -

— Quem é você?

— Meu nome é Othon.

— E por que está aqui?

— Porque me prenderam.

— Claro, mas por que te prenderam?

— Acho que estás meio desinformado.
Estou preso porque um delator
Disse que alguém participou
De uma reunião para discutir questões
Da licitação de Angra 3
E repasses a membros da diretoria.

— Tá, e daí?
— O MP quebrou meu sigilo bancário
Viu pagamentos de empresas
E me prendeu "preventivamente".
Disseram que recebi R$4,5 milhões
De 2011 a 2014. O Juiz Sérgio disse:
"Parece ser difícil justificar de forma lícita
O recebimento de pagamentos milionários
De empreiteiras ao mesmo tempo
Que mantinham contratos com a Eletronuclear".
— Eles disseram que esse dinheiro
Talvez fosse de propina
E te prenderam sem ter provas?
Isso parece frágil, com certeza
Não vai dar em nada.
Ninguém é preso desse jeito.
— Você já foi interrogado?
— Não, cheguei agora.
Me prenderam hoje de manhã.
— Então pode se acalmar.
Pelo jeito você vai ficar

Mais tempo que o esperado.
— Isso é impossível!

II -

— Sabe que sou procurador renomado.
Então, vamos ser diretos
Porque ninguém tem tempo para perder.
Você está sendo acusado
De desvio de verbas e corrupção ativa
Para ganhar licitações.
Encontramos quatro contas suas totalizando...
Vejamos... 125 milhões de dólares.
Também temos três delatores
Que alegam que você participou dos esquemas.
Nossa denúncia terá como base estes pontos.
— Preciso de meu advogado.
— Claro. Só gostaria de dizer pessoalmente
Que estamos acusando o senhor
E saber se você gostaria de colaborar
Com nossas nobres investigações.

Saiba que aqueles que nos ajudam
Nunca saem perdendo.
O combate à corrupção é algo que todos
Devem estar comprometidos, não é?
— Sim, e estou profundamente comprometido.
Nossa empresa tem auditorias e
Passa pelos mais rigorosos procedimentos de controle.
— Deixe-me ser mais claro então.
— Por favor.
— Esta é a maior operação contra a corrupção
Que este país já teve.
Nosso objetivo é pegar
Os peixes grandes.
Se cooperar conosco
Tenho certeza que podemos fazer
Um acordo onde você não vai perder tudo
E ficar preso até morrer.
Está em suas mãos.
Pense bem e voltamos a conversar
Quando você estiver preparado.
Ah, e soube que você

É companheiro de cela do Othon...

Agora vou te dar um conselho de amigo:

Nos consiga algo valioso dele,

Qualquer informação interessante,

E será muito valiosa para fazer

Valer a cooperação.

Você será promovido.

— Quem é ele?

— Você vai morar com ele, descubra.

Certamente foi o destino que te deu esta oportunidade.

— Ei guarda, me diga aí, quem é esse Othon?

— Você tem que se informar mais.

Ele é o pai do programa nuclear brasileiro.

Cientista de ponta.

Estudou nos Estados Unidos.

Liderou o Programa Nuclear Paralelo

Entre 1979 e 1994.

Fez os primeiros estudos do

Submarino nuclear brasileiro.

Daí depois colocaram ele no armário.

Dizem que inventou uma tecnologia

100% nacional para enriquecer urânio.
Encabeçou o submarino com a França.
Os americanos ficaram loucos.
Porra, é só procurar no Google.

III -
— Tudo bem lá? Tudo resolvido?
— Ainda não. Parece que vou ficar
Mais tempo aqui do que imaginava.
— Já ofereceram liberdade
Em troca de mentiras?
— Você acha que alguém
Escuta as conversas aqui?
— Não sei. Se interceptaram suas ligações,
e-mails e reuniões, o que acha?
O meu habeas corpus foi negado
Com o argumento de que eu tinha
Um telefone na minha cela,
O que é uma grande mentira.
Nunca tive um celular.

Negado baseado numa mentira!
Depois de ter dedicado à soberania,
Estou agora com 76 anos preso acusado
De ter recebido quatro milhões
Em propinas de empreiteiras
Que venceram a licitação para instalar
E montar equipamentos na usina nuclear de Angra 3.
— Se você é mesmo o maior
Físico nuclear da história do Brasil,
Você é o físico mais idiota também.
Alguém com sua história poderia
Ganhar muito mais dinheiro prestando
Consultorias privadas que recebendo propinas.
— Você acha que é uma coincidência
Se você cooperar com eles
Logo vem um "agente" dos Estados Unidos
Fazer um acordo de delação. É maravilhoso!
— O procurador disse que só querem
Peixes grandes. Por que me prenderam então?
— Sempre é preciso ter os bois de piranha.
Eles vivem de delações como a sua,

Se você vier a fazer, para as denúncias
E promover novas perseguições.
Talvez você tenha este perfil, não sei.
— Você acha que eles poderiam mexer com a minha família?
— Olhe, os procuradores quebraram
O sigilo médico da minha esposa
Que sofre de Alzheimer.
— Mas então por que você não é delator, Othon?
Se safa dessa, quantos anos você tem mesmo?
Você deve ter a idade do meu pai e
Tá aqui preso se pode sair daqui.
— Olhe, criei uma tecnologia
Que permitiu que o Brasil
Entrasse para o seleto grupo
Que domina o conhecimento
Para a produção de energia nuclear,
Que é extremamente importante
Para suprir as necessidades energéticas do país
E levá-lo ao desenvolvimento.
Sempre guardei esta tecnologia
Como segredo de estado e

Me recusei a fornecê-la a outros países.
Se desde fins dos anos 70 mantenho segredo
Não será agora que vou contar tudo.
— Você vai morrer na prisão se não delatar.
Você tem que se safar dessa, e logo.
E se te condenam...
— Já fui condenado, mesmo sem julgamento.
Aposto inclusive que vou ter a maior condenação
Desta grande operação. Mesmo sem provas.
No meu caso julga-se pela convicção,
Pelos interesses em jogo.
Me prender e condenar interessa
Ao sistema internacional liderado pelos Estados Unidos
E que está preocupado com o fortalecimento do Brasil,
um dos BRICS. Trata-se da disputa pelo Atlântico Sul,
Do pré-sal, da Amazônia, de nossos minerais,
Grandes empresas que estão sendo desmanteladas.
Por que o New York Times exaltou minha prisão?
— Você nunca vai sair daqui, Othon.
— Também estou com esta impressão.
Me acusaram de algo sem materialidade.

O delator disse não ter presenciado ou
Feito qualquer pagamento de propina
Nem deu qualquer prova de depósito.
Isso é uma farsa, mas muito bem encenada.

Segundo ato

— Senhor Othon, creio que você
Já está aqui tempo suficiente.
O Ministério Público fez uma
Denúncia muito completa
E não vejo muitas saídas
Senão a cooperação conosco.
— Conosco quem?
— Nós da Operação contra Corrupção.
Já prendemos toda a diretoria da Petrobras,
da indústria Naval, até os diretores das
Maiores construtoras do país estão sendo presos.
Agora o senhor, que representa
A corrupção no setor nuclear,
Deve nos ajudar.
E lembre-se: condenamos todos que não cooperam.
— Vossa Excelência não respondeu minha pergunta:

Quem são vocês?

— Somos a Operação contra Corrupção!

— E o objetivo da Operação é combater a corrupção?

— Claro, está em todos os jornais.

Até ganhamos um prêmio internacional.

Está no nome da operação.

Temos manifestações populares apartidárias

E espontâneas em nosso apoio,

Principalmente aqui e em São Paulo.

— E vocês são contra todo tipo de corrupção?

— Claro!

— Certo, tenho algumas coisas para dizer

Sobre corrupção ligada à família Marinho

E os meios de comunicação,

Também algumas coisas sobre como

Operam os bancos, os esquemas em todos

Os governos federais desde 1970,

Falcatruas no poder judiciário,

A ação dos lobbys das empresas estrangeiras

No Congresso, ONGs na Amazônia,

Corrupção nas privatizações do FHC,

Corrupção da Polícia Federal e Ministério Público,
Como são cooptados por agentes estrangeiros...
— Não vamos perder o foco aqui!
Chega de ladainhas!
Você está sendo denunciado!
Temos toda a convicção de que
É culpado, a menos que venha cooperar.
Preciso saber tudo sobre
O programa nuclear brasileiro.
— Você quer saber tudo sobre
O programa nuclear brasileiro
Para combater a corrupção?
Não entendo.
— Isso faz parte de nossa investigação.
— Vossa Excelência não percebe que
Está sendo manipulada por interesses?
Minha prisão é completamente ilegal.
Desde a época de Getúlio,
Eles estão boicotando nosso programa nuclear
E estranhamente, agora que estamos chegando
Perto de construir submarinos nucleares

Para proteger nossa soberania e recursos naturais,
Ocorre uma Operação contra Corrupção
que só investiga os pilares da Nação.
Você está me dizendo que Petrobras,
grandes construtoras,
programa nuclear
E a indústria naval têm corrupção
E as multinacionais que monopolizam
Praticamente toda nossa economia
Operam sem corrupção?
— É preciso acabar com a corrupção,
Mas alguns são mais corruptos que outros.
Pelo que vejo, não me deixa outra opção.
Você é que está se condenando antecipadamente.
Chega! Não vou ficar aqui escutando
Acusações de quem está sendo acusado!
A lei está do nosso lado!
Delatores falaram o que o senhor fez!
Quer dizer que somos da CIA? É isso?
Se dependermos apenas de nossos políticos
Nunca vamos acabar com a corrupção!

E nenhuma investigação vai para frente
Sem dinheiro, informação e treinamento!
— Pior do que uma marionete,
Somente alguém que não sabe
Que é uma simples marionete.
— Quase toda semana temos manifestações
A favor da nossa operação.
Ganhamos prêmios internacionais.
— Achas que nasci ontem.
Todo mundo sabe que vocês
Têm informações grampeadas
Roubadas frutos de espionagem,
Como denunciou o Snowden.
— O senhor está paranoico.
Isso é teoria da conspiração.
Estou farto destas acusações sem cabimento.
Não sei por que você está dificultando as coisas.
Não vê que é melhor colaborar?
— Isso seria uma grave sabotagem ao país,
Pois tenho certeza que esta informação
Será repassada aos seus chefes do Pentágono

E do Departamento de Estado dos Estados Unidos.

Olhe, você tem razão. Sou culpado.

— Sua pena será a maior de todas!

Será uma pena exemplar!

E com sua filha, já imaginou?

Ela vai ficar presa,

Dizem que pode ir pra triagem.

Tua mulher que tá com Alzheimer

Não vai lembrar de você nunca mais,

Não vai ter você e nem tua filha pra cuidar,

Vai viver como? Tem certeza que não deseja cooperar?

— Pode deixar que eu chamo o guarda

Para me levar até a cela.

Terceiro ato

— Próximo caso: Othon Pinheiro.
A primeira prisão de Othon,
De 77 anos, foi decretada
Pelo juiz Marcelo da Costa Bretas,
Da 7ª Vara Federal Criminal de Brasília,
em julho de 2015. Então investigado,
O cientista conseguiu o regime aberto,
Sendo novamente preso em julho de 2016.
A denúncia sustentou que o almirante
Recebeu R$ 4,5 milhões por meio de propina,
Que seria 1% dos contratos firmados
Entre a Eletronuclear e as empreiteiras
Andrade Gutierrez e Engevix,
Para a construção da Usina Nuclear Angra 3.
Aos procuradores, Othon afirmou
Que nunca exigiu ou recebeu vantagem financeira,
E não recebeu orientação do governo federal

E de partidos para cobrar doações financeiras.

Entretanto, a sentença anuncia que:

"Considero as circunstâncias judiciais, em especial a conduta social do agente, e o faço de maneira altamente negativa por considerar que este condenado, outrora almirante da Marinha do Brasil, uma das maiores – se não a maior – referência do Programa Nuclear Brasileiro da história deste país, reconhecido internacionalmente (a defesa foi pródiga em demonstrar a importância de Othon e de seu trabalho), portador como poucos de segredos de estado num tema que sempre foi muito caro às maiores potências mundiais (enriquecimento de urânio), homem que fruiu da confiança do então Ministro da Defesa, aqui ouvido como sua testemunha, e que foi agraciado pelo governo federal com a presidência da empresa estatal responsável pelo desenvolvimento do Programa Nuclear do Brasil – a ELETRONUCLEAR; este mesmo condenado que, de acordo com inúmeras testemunhas ouvidas durante a instrução processual, todos unânimes em demonstrar reverência ao nome de Othon, influenciou mais de uma geração de engenheiros e oficiais da Marinha brasileira, abriu mão de sua honrada história de estudos e trabalhos à nação brasileira para obter, já na fase derradeira de sua vida profissional, vantagens indevidas (propina), possivelmente para garantir uma aposentadoria mais confortável. A propósito, como exaustivamente dito, o chamado 'projeto científico de turbinas' é, antes de tudo, um empreendimento privado, destinado a render lucros financeiros a seu idealizador, e portanto jamais justificaria um comportamento corrupto do ora condenado Othon. Os motivos do crime externados pelo réu ao longo da instrução deixam claro que os delitos foram praticados com o intuito de ganhar dinheiro com seu projeto científico pessoal, para cuja consecução Othon utilizou sua notoriedade profissional e importância do cargo, fato que considero altamente reprovável. As circunstâncias devem ser valoradas ainda mais negativamente, pois a prática do delito envolveu o recebimento mínimo de R$ 3.438.500,00 e R$ 1.000.000,00 – valores históricos –, em vantagens indevidas das empreiteiras, valor que considero extremamente elevado. Além disso, a imagem da empresa restou extremamente abalada entre investidores e contratantes em geral (a título de exemplo, recentemente a ELETROBRÁS, empresa controladora da ELETRONUCLEAR, foi impedida de negociar suas ações no mercado financeiro norte-americano, por dificuldades na contabilização dos prejuízos advindos com os casos de corrupção que vêm sendo descobertos e investigados no escândalo nacional chamado eletrolão, como dá conta o comunicado recebido da New York Stock Exchange em fl. 10.034)".

— 43 anos é ficar preso até morrer!

Minha vida não foi levada
Em conta no meu julgamento.
Pelo contrário, meu passado
Serviu como agravante.
Peguei cinco anos de cadeia a mais porque,
Se eu tinha aquele passado,
Tinha que ter um comportamento exemplar.
É a primeira vez que antecedente virou agravante.

Vida pregressa ilibada virou coisa ruim.
E mais 14 anos para minha filha
Que não fez nada!

Após receber a notícia de sua condenação,
Othon tentou se suicidar no presídio.
Num ato de revolta,
reúne os cadarços do calção
E com ele começa a se enforcar.
O Guarda vê e o impede.

Teoria do medalhão

Adaptação do conto de Machado de Assis

— Estás com sono?
— Não, senhor.
— Nem eu, conversemos um pouco.
Abre a janela. Que horas são?
— Onze.
— Meu piá, chegaste aos teus vinte e um anos.
Há vinte e um anos, no dia 5 de agosto de 1854,
Vinhas tu à luz, um pirralho de nada, e estás homem,
Longos bigodes, alguns namoros...
— Papai...
— Não te ponhas com denguices,
E falemos como dois amigos sérios.
Fecha aquela porta,
Vou dizer-te coisas importantes.

Senta-te e conversemos.
Vinte e um anos, um diploma,
Podes entrar no parlamento,
Na magistratura, na imprensa,
Na lavoura, na indústria,
No comércio, nas letras ou nas artes.
Há infinitas carreiras diante de ti.
Vinte e um anos, meu rapaz,
Formam apenas a primeira sílaba do nosso destino.
Mas qualquer que seja a profissão da tua escolha,
o meu desejo é que te faças grande e ilustre,
Ou pelo menos notável,
Que te levantes acima da obscuridade comum.
A vida, Janjão, é uma enorme loteria!
Os prêmios são poucos, os malogrados inúmeros,
E com os suspiros de uma geração
É que se amassam as esperanças de outra.
Isto é a vida: há de aceitar as coisas integralmente,
Com seus ônus e percalços,
Glórias e desdouros,
E ir por diante.

— Sim, senhor.
— Meu filho, o ofício mais útil e cabido é o de medalhão.
Ser medalhão foi o sonho da minha mocidade.
Faltaram-me, porém, as instruções de um pai,
E acabo como vês, sem outra consolação e relevo moral,
Além das esperanças que deposito em ti.
Ouve-me bem, meu querido filho, ouve-me e entende.
És moço, tens naturalmente o ardor, a exuberância,
Os improvisos da idade; não os rejeites, mas modera-os
De modo que aos quarenta e cinco anos possas entrar
Francamente no regime do aprumo e do compasso.
— Entendo.
— Vamos ao principal.
Uma vez entrado na carreira, deves pôr todo o cuidado
Nas ideias que houveres de nutrir para uso alheio e próprio.
O melhor será não as ter absolutamente!
Pode-se, com violência, abafá-las, escondê-las até à morte,
Mas nem essa habilidade é comum,
Nem tão constante esforço conviria ao exercício da vida.
— Mas quem lhe diz que eu...
— Tu, meu filho, se me não engano,

Pareces dotado da perfeita inópia mental,
Conveniente ao uso deste nobre ofício.
Não me refiro tanto à fidelidade
Com que repetes numa sala
As opiniões ouvidas numa esquina, e vice-versa,
Porque esse fato, posto que indique certa carência de ideias,
Ainda assim pode não passar de uma traição da memória.
Não; refiro-me ao gesto correto e perfilado
Com que usas expender francamente as tuas simpatias
Ou antipatias acerca do corte de um colete,
Das dimensões de um chapéu,
Do ranger ou calar das botas novas.
No entanto, podendo acontecer que, com a idade,
Venhas a ser afligido de algumas ideias próprias,
Urge aparelhar fortemente o espírito.
As ideias são de sua natureza espontâneas e súbitas;
Por mais que as sofreemos, elas irrompem e precipitam-se.
Daí a certeza com que o vulgo, cujo faro é extremamente delicado,
distingue o medalhão completo do medalhão incompleto.
— Creio que assim seja; mas um tal obstáculo é invencível.

— Não é; há um meio;
É lançar mão de um regime debilitante,
Ler compêndios de retórica, ouvir discursos, etc.
O passeio nas ruas é utilíssimo, com a condição
De não andares desacompanhado,
Porque a solidão é oficina de ideias,
E o espírito deixado a si mesmo,
Embora no meio da multidão,
Pode adquirir uma tal ou qual atividade.
— Mas se eu não tiver à mão um amigo apto e disposto a ir comigo?
— Não faz mal; tens o valente recurso
De mesclar-te aos pasmatórios,
Em que toda a poeira da solidão se dissipa.
As livrarias, ou por causa da atmosfera do lugar,
Ou por qualquer outra razão que me escapa,
Não são propícias ao nosso fim; e, não obstante,
Há grande conveniência em entrar por elas,
De quando em quando, não digo às ocultas,
Mas às escâncaras.
Podes resolver a dificuldade de um modo simples:
Vai ali falar do boato do dia, da anedota da semana,

De um contrabando, de uma calúnia, de um cometa,
De qualquer coisa,
Quando não prefiras interrogar diretamente
Os leitores habituais de belas crônicas;
75 por cento dessas estimáveis pessoas
Vão te repetir as mesmas opiniões,
E uma tal monotonia é grandemente saudável.
Há de ser naturalmente simples, tíbio, apoucado,
Sem notas vermelhas, sem graça e sem cores de clarim...
— Isto é o diabo! Não poder adornar o estilo, de quando em quando...
— Podes; podes empregar umas quantas figuras expressivas,
A hidra de Lerna, por exemplo, a cabeça de Medusa,
O tonel das Danaides, as asas de Ícaro, e outras,
Que românticos, clássicos e realistas empregam sem pesar,
Quando precisam delas. Sentenças latinas, ditos históricos,
Versos célebres, brocardos jurídicos, máximas,
É de bom aviso trazê-los contigo
Para os discursos de sobremesa,
De felicitação ou de agradecimento.
Melhor do que tudo isso, são as frases feitas,
As locuções convencionais,

As fórmulas consagradas pelos anos,
Incrustadas na memória individual e pública.
Essas fórmulas têm a vantagem
De não obrigar os outros a um esforço inútil.
O mesmo direi de toda a recente terminologia científica;
Deves decorá-la.
Convém tomar as armas do teu tempo.
Com o tempo, irás sabendo a que leis, casos e fenômenos
Responde toda essa terminologia;
Porque o método de interrogar os próprios mestres
E oficiais da ciência, nos seus livros, estudos e memórias,
Além de tedioso e cansativo,
Traz o perigo de inocular ideias novas,
E é radicalmente falso.
Deves conhecer os benefícios da publicidade.
Dona loureira e senhoril,
Deves requestar à força de pequenos mimos,
Confeitos, almofadinhas, coisas miúdas,
Que antes exprimem a constância do afeto
Do que o atrevimento e a ambição. Percebeste?
— Digo-lhe que o que vosmecê me ensina não é nada fácil.

— Nem eu te digo outra coisa.
É difícil, come tempo, muito tempo,
Leva anos, paciência, trabalho,
E felizes os que chegam a entrar
Na terra prometida!
Os que lá não penetram, engole-os a obscuridade.
Mas os que triunfam!
E tu triunfarás, crê-me.
Verás cair as muralhas de Jericó
Ao som das trompas sagradas.
Começa nesse dia a tua fase de ornamento indispensável,
De figura obrigada, de rótulo.
Acabou-se a necessidade de farejar ocasiões,
Comissões, irmandades; elas virão ter contigo,
Com o seu ar pesadão e cru de substantivos desadjetivados,
E tu serás o adjetivo dessas orações opacas,
O odorífero das flores, o anilado dos céus,
O prestimoso dos cidadãos, o noticioso
E suculento dos relatórios.
E ser isso é o principal, porque o adjetivo
É a alma do idioma,

Sua porção idealista e metafísica.
O substantivo é a realidade nua e crua,
É o naturalismo do vocabulário.
— E parece-lhe que todo esse ofício
É apenas um sobressalente para os déficits da vida?
— Decerto; não fica excluída nenhuma outra atividade.
— Nem política?
— Nem política. Toda a questão
É não infringir as regras e obrigações.
Podes pertencer a qualquer partido,
Liberal ou conservador,
Com a cláusula única
De não ligar nenhuma
Ideia especial a esses vocábulos.
— Se for ao parlamento, posso ocupar a tribuna?
— Podes e deves;
É um modo de convocar a atenção pública.
Quanto à matéria dos discursos,
Tens à escolha: - ou os negócios miúdos,
Ou a metafísica política,
Mas prefere a metafísica.

Os negócios miúdos, força é confessá-lo,
Não desdizem daquela chateza de bom-tom,
Própria de um medalhão acabado,
Mas, se puderes, adota a metafísica:
É mais fácil e mais atraente.
Um discurso de metafísica política
Apaixona naturalmente os partidos e o público,
Chama os apartes e as respostas.
E depois não obriga a pensar e descobrir.
Nesse ramo dos conhecimentos humanos
Tudo está achado, formulado, rotulado, encaixotado;
É só prover os alforjes da memória.
Em todo caso, não transcendas nunca
Os limites de uma invejável vulgaridade.
— Farei o que puder. Nenhuma imaginação?
— Nenhuma!
Antes faze correr o boato de que um tal dom é ínfimo.
— Nenhuma filosofia?
— Entendamo-nos:
No papel e na língua alguma, na realidade nada.
"Filosofia da história", por exemplo,

É uma locução que deves empregar com frequência,
Mas proíbo-te que chegues a outras conclusões
Que não sejam as já achadas por outros.
Foge a tudo que possa cheirar a reflexão, originalidade, etc.
— Também ao riso?
— Como ao riso?
— Ficar sério, muito sério...
— Conforme. Tens um gênio folgazão, prazenteiro,
Não hás de sofreá-lo nem eliminá-lo;
Podes brincar e rir alguma vez.
Medalhão não quer dizer melancólico.
Um grave pode ter seus momentos de expansão alegre.
Somente, - e este ponto é melindroso...
— Diga...
— Somente não deves empregar a ironia,
Esse movimento ao canto da boca,
Cheio de mistérios,
Inventado por algum grego da decadência,
Contraído por Luciano, transmitido a Swift e Voltaire,
Feição própria dos céticos e desabusados.
Não. Usa antes a chalaça, a nossa boa chalaça amiga,

Gorducha, redonda, franca, sem biocos, nem véus,
Que se mete pela cara dos outros,
Estala como uma palmada,
Faz pular o sangue nas veias,
E arrebentar de riso os suspensórios.
Usa a chalaça. Que é isto?
— Meia-noite.
— Meia-noite? Entras nos teus vinte e dois anos, meu piá;
Estás definitivamente maior. Vamos dormir, que é tarde.
Rumina bem o que te disse, meu filho.
Guardadas as proporções,
A conversa desta noite vale o Príncipe de Maquiavel.
Vamos dormir.

pólen bold 90 gr/m2
tipologia brioso pro
impresso no inverno de 2024